KB248480

메밀밭으로 오는 저녁

초판 1쇄 2013년 7월 25일
지은이 정평림
펴낸이 김영재
펴낸곳 책만드는집

주소 서울 마포구 합정동 428-49번지 4층 (121-887)
전화 3142-1585·6
팩스 336-8908
전자우편 chaekjip@naver.com
출판등록 1994년 1월 13일 제10-927호
ⓒ 정평림, 2013

* 이 책의 전부 또는 일부 내용을 재사용하려면 사전에 저작권자와
  책만드는집의 동의를 받아야 합니다.
* 잘못 만들어진 책은 구입하신 서점에서 교환해드립니다.
* 본 서적은 한국문화예술위원회와 경기문화재단의 지원을 받아 발간되었습니다.

ISBN 978-89-7944-440-7 (04810)
ISBN 978-89-7944-354-7 (세트)

정평림 시집

메밀밭으로
오는 저녁

시 인 선 034

책만드는집

| 시인의 말 |

한평생 의과학도로 살아왔고 앞으로도 그렇게 살아야 할 사람이 감히 정형시단에 얼굴을 내밀고 시를 쓰자 한 지도 어언 10년 세월이 흘렀다.

등단과 거의 동시에 겁도 없이 첫 시집 『거기 산이 있었네』를 상재하고 난 뒤 무딘 칼날로 짬짬이 다듬은 시편들이 꽤 모였기에 망설이다 못해 제2시집 출간을 결심하게 되었다. 깊은 성찰도 없이 함부로 서두른 일인 듯하나, 한편으로는 나름대로의 도전이 될 수도 있겠다는 막연한 위안이 방패가 되어 이 책을 묶는다.

이제 쓰지 않고는 견딜 수 없게 되었고 정신적 풍요로움까지 누리게 되었다. 우리 민족시를 갈고닦는 일에 매진코자 하니 강호 여러분의 각별하신 편달과 조언을 부탁드린다.

한 가을밤 댓돌 밑에서 제 날개를 비벼대며 가는 세월
을 절규하는 당찬 귀뚜리 소리를 기억하면서….

2013년 여름

정평림

4부 새만금 피조개

1부
조각보 만들기

흔들의자

양피 깔개 솜털 같은
햇귀 한 줌 고르는 시간

어느새 물이 들어 저문 창가 비껴가네

머흔 길
끝이 보일까
흔들리는 빛과 그림자

하루의 끝

헉헉대는 시지프스
애벌구이
해 뜨는가

지루한 시간의 덫이 아침이자 밤도 되고,

개똥밭
굴러온 하루
한 생生이 오늘 같네

수유가 영원이고
억겁이 하루라 했나

훌훌 손을 털어버린 그날 치의 무거운 짐

해거름
무한 창공에
되새들이 획을 긋네

파계破戒

부처님 코앞에서 꽃놀이가 웬 말인가

석 달 열흘 판을 벌여 불콰해진 배롱나무

절 마당 개울물 소리 뜬소문만 왁자하다

연비燃臂 불꽃 다짐하다 그 흉터는 남았는지

먹물 옷 벗어 던지고 알몸이 된 저 파계승

꽉 닫힌 귀청을 열고 목탁 소리 엿듣는다

상원사 얼레지*

초여름
절간 뒤켠
아미 고른 한 비구니

비늘줄기 깊이 묻혀
속 다지듯 켜가 늘고

뉘 보랴! 이랑진 번뇌
긴 앞섶을 열고 섰네

저녁놀 비로봉 감아
오대五臺로 비껴들 때

언제 한번 깎을 머리
하마 뒤로 묶어놓고

얼레지, 엘레지 엘레지…

범종 소리에
눈을 감네

* 백합과의 여러해살이풀.

번제 燔祭

하늘에 가 닿을까
가뭇없는 연기 자락

천 길 죄罪 구렁에 불꽃 저리 지펴놓고

제단 위
속죄양인 듯
두 눈 멀거니 뜨고 있네

매지구름 작달비에
번개칼 버리는가

켜로 굳은 악의 씨앗 속속들이 빠개지고

고사목
벼랑 아래로
구약성서 씌어 있네

솔로몬의 일천 번제
한 줌 재로 남는 오늘

'순종이 제사보다 낫고
듣는 것이 숫양의 기름보다 낫다'*

거듭난
가슴 한구석
별뉘처럼 밝혀주네

성에 낀 차창

갈 길 멀고 고개 많은데
저토록 보채는가,
잠든 능선 등을 쓸며 까무룩 눈을 감네
덜커덩
엉덩방아에
놀라 깨는 차창 성에

언뜻 쫓아오는
가까이 뜬
큰 별자리
말갛게 닦인 유리 흐려지면 다시 닦네
비워야
채워진다는
귀 닳은 말 되새기며…

얼마쯤 조리질해야
생금 같은 저 빛 될까

광년光年으로 셈해보는 무한 허공 은한강에,
깊게 괸
속울음 하나
이생에 와 발묵하네

이젠 점점 내리막길
슬기로운 불침번 되어
지상의 한겨울이 기나긴 밤일지라도
깨어나 살피라 하네
솔바람 자락
죽비 소리

물의 길은 희다

물살 잘게 가르며 제 속내 여울에 씻다
소리 죽여 깊이 재는 소沼가 될 줄 뉘 알겠어
지난 일 죄다 잊고서 텅 빈 하늘 감싸고 돌지

부서지지 않고서는 고인 죄업 어쩔 수 없어
천 길 나락으로 투신하는 폭포가 될 때
물줄기 날줄 사이로 흰 무지개 건 듯 뜨지

내리꽂는 두려움 딛고 물 흐르듯 산다 했나
머흔 물목 잠기는 앙금 맨몸 비벼 표백하고
낮게만, 낮게만 고집하며 무채색 길을 트지

수평선 잣대 띄워 넘치는 일 없게 하고
속울음 깔아놓듯 물이랑도 고르다가
때로는 방파제 후려치며 물기둥도 세우지

가을 산

속살까지 에이려고 높새바람 칼 가는가

꼭두서니 물을 풀어 제 몸에 불 질러놓고

건너뛸 낌새도 없이 등뼈 세운 저 가부좌

헌 살 곧게 추스르며 묵언 수행 저리 하나

지상의 겨울을 위해 두 눈 감고 귀 닫으면

가을 산 붉은 이마에 환한 적막 내려앉네

조각보 만들기

타고난 너름새로 제 갈 길 간다 해도

한때를 고르지 못해 빗놓인 저린 발자취

그 아픔 짜깁기하고 조각보로 남는가

해진 솔기, 꿰맨 흔적 지난 일 다짐하며

터진 실밥 뽑아내고 새 헝겊 이어나 볼까

바늘귀 흐린 초점에 눈자위만 붉어지네

골무도 빼어놓고 맨손으로 어림잡고

닳아도 변치 않는 덧댄 삶의 무늬대로

지문을 찍으며 가듯 한 땀 한 땀 단을 잇네

가랑잎 한나절

불씨 같은 정념情念은 남아
여름내 그리 손짓했나

무서리 내리고서야
살도 뼈도 삭았는지

바스락
인기척에도
여린 귀만 세운다

이제 찬 바람 일면
길 지우며 떠나야지

해거름 오솔길을
주춤주춤 바자니다

스스로

거듭난다며
오도송을 외고 있다

손금 보기

책장을 넘기다 말고 저린 손 슬몃 편다
쥐고 나온 신의 지도 내 선 곳 어디쯤일지
꽃 지고 열매에 이르는 골짝들이 익어 있다

확대경 닦아 들고 지난날을 더듬어볼까
가시덤불 발목 잡혀 주춤거리던 발자국들
주름진 잔금의 행간, 키울수록 얼얼하다

그늘도 섬기며 가는 돈오頓悟의 햇귀처럼
이제는 꼬인 길도 바람 소리 물소리일 뿐
생명선 끊길 때까지 앞만 보고 가라 한다

골프공, 그 당돌한 방황

어디서 맞고 왔나 저 혼자 굴러들어
나그네 숨 돌리듯 잔디밭을 괴고 앉아
당돌한 패기 하나로 제 갈 길을 묻는다

누군가 뜻을 두고 후려쳤을 그 아픔과
꿈 달고 날으면서 지난 시름 풀던 한때
모두가 포물선처럼 부풀었던 뒤끝이다

때리고 또 때려서 피멍울이 든다 해도
온 곳도 갈 곳도 없이 떠나야 할 골프공
어차피 떠돌이라면 언제라도 맞아야지

꽃 진 자리

서릿바람 사뭇 일어

뼈만 남은 꽃대 하나

꽃양산 한 시절이야

하루해 꽤나 길었지

동안거

꽃 진 자리엔

달랑 남은 방석 하나

어떤 설법

게릴라식 폭우에 집 잃은 게 너뿐일까

뿌리째 뽑혀버린 저 나무를 보게나 수천 수만 집들이 한꺼번에 무너졌다 잎을 썰던 자벌레, 굴을 뚫던 깍지벌레, 뿌리 밑에 굼벵이… 모두가 난감하게 집을 잃고 허둥대는 우리들 이웃이지 하늘 또한 원망 마라 둥지 잃은 새들도 제집은 제가 짓고 튼실한 집터 찾아 서까래만 나를 뿐 천재지변 탓하던가 너 편히 살자 해서 길 하나를 만들 때도 억조창생 살릴 계획 세우기나 하였던가 돌아가는 한 우리에 너 혼자만 아닐 텐데 제 것만 챙기는 네가 알기나 하겠는가

보게나, 주장자 밑 개미집은 노스님이 살린 게야!

2부
목울대 세운 상사화

엉겅퀴

산군山君을 맞이하려
칠금령 흔들다가

제 풀에 까무러쳐
혀를 빼문 저 선무당

화개살*
가시로 돋아
빈 하늘만 겨눈다

* 고독함이 많아 인복이나 재물복이 없는 살.

어느 달밤

갈대 잎 굽은 등에
무등 탄 저 만월이

조금씩 오를 때마다
삐걱이는 지레질 소리

한 하늘
굴러 내릴까
바람도 숨죽이네

빈 틈새 하마 열리면
덩달아 낄 귀뚜리란 놈

이제다 싶었는지
냉큼 올라 타고 난 뒤

기우뚱

우주가 흔들리네,
달이 반쯤 출렁이네

2월 오후

머뭇거리는 늑장 안개
한나절 해 뜸만 들고

개맹이 풀린 풍치림이
봄 어귀 덧칠하는가

물 젖은
담채화 화폭 위
아직은 손이 곱다

소매 끝에서 풀 꺾이는
뼛속 그리 헤집던 바람

너처럼 토라져 앉을
해토머리 나생이*가

꽃멀미

진저리 칠까
귓불 스릇 간지럽다

* '냉이'의 강원도 지역 방언.

가을 시편

1. 가을볕
때가 어느 때라고 낮과 밤을 못 가리지?
204동 수위 아저씨 붉게 물든 콧등 위로
뱅뱅뱅 돌아만 가는 등 따가운 고추잠자리

2. 호박밭
호박꽃도 꽃이냐고 딴전 피우던 그때 네가
이제 와 실눈 뜨고 뭘 그리 입은 벌려
비탈밭 떼로 앉아서 소피 보는 아낙네들

3. 밤 풍년
한여름 밤꽃 냄새 코 들기가 민망했지
어느새 만삭인가, 눈 꾹 감고 몰려나와
속아람 내 것 보라며 제 궁문 열고 있다

4. 가을걷이
정미소 발동기 소리 산 그리메 끌고 올 때

참새 떼 그 날도둑도 굶진 않나 보고 자퍼
가으내 망보던 허수아비, 잡은 끈을 놓는다

폐교 이후

떠나가는 게
길이 아니고
돌아오는 게
길이라 했나

스크럼 짠 풀이 풀끼리
발목 잡아 겨운 한때

내닫던
그 운동장이
손바닥만 할 줄이야

측백나무 울 바람이
진초록 귀를 연다

트럼펫을 연주하는

입술 부푼 저 능소화

철없이 뽑던 팡파르
만성 환청 앓고 있는,

얼마를 더 이어갈까
질경이풀 우북한 교정

반 토막 깃대 위로
먹구름 몰려오고

선잠 깬
포클레인이
팔뚝 벌써 걷고 있다

투망

은어 떼 꼬리 물고 물빛 좋아 오르는 강

봄 기별 하마 오는지 물안개 저리 일고

늘어진 낮닭 소리가 여울목 휘감을 때

하릴없는 마을 머슴애 투망 끈 조이는가

그물코 사이사이로 번뜩이는 저 아수라

춘곤春困도 물러선 자리 시장기가 돌고 있다

쓸쓸한 알레고리

그리움도 해가 들면 속살마저 에이는지

해거름 가을 강가 물수제비 홀로 뜰 때

저저이 이는 물너울, 살점인 듯 아려오고

무위無爲로 끝났는가, 잡지 못해 보낸 일들

돌아보면 굽이굽이 가뭇없는 물빛 장경藏經

더러는 얼레빗 긴 햇귀 억새밭 빗질할 뿐

엄동까진 멀다 해도 이 조락의 물목에서

불립문자 엮어내는 봉두난발 흰 머리채

속 깊이 삭이다 말고 제 스스로 선禪에 드는,

플라워 마운드*의 봄
－손녀와 회전목마

꽃샘잎샘 진검승부 마른번개 눈부시다
한 줄금 봄비 끝에 칼날 세운 아침 바람
지평선 뜨는 햇귀가 지상에서 부서진다

뜬눈으로 어둠을 몰던 눈매 붉은 호루라기새
들판마다 노을이 피듯 인디언 붓꽃** 깔아놓고,
어느새 회전목마 위엔 말몰이꾼 들떠 있다

손녀딸 치마폭엔 카놀라*** 향 물씬 배어
한 번 더 다시 한 번 더 몇 차례나 돌았는지
밀린 삯 치르는 손길, 검버섯도 화사하다

* 미국 텍사스 주 북부에 위치한 작은 마을.
** 4~5월경 텍사스 주 평원에 피는 다양한 색깔의 붓꽃.
*** 유채꽃의 일종.

목울대 세운 상사화

비늘줄기 잎을 벌려 간구하듯, 비손하듯
끝끝내 말하지 못할 명치끝 응어리 남아
진초록 절개도 접고 훗날 다시 기약한다

잎 진 자리 울대 뽑아 꽃등 하나 켜 드는가
허우대 멀쩡한데도 열매 없는 내시란다
가시리, 가시리잇고 홀로 삭인 긴 속울음

그르친 제 발길을 어찌, 어찌, 되돌릴까?
시간을 어긋놓아 시샘하는 가이아*여
꽃무릇 묵언 수행에 그리움만 달무리 진다

* 땅의 여신.

메밀밭으로 오는 저녁

시월상달 산모롱이
하루해 이우는가

미처 못 잊은 겨운 한때
허기인 듯, 속울음인 듯

흰 꽃대 발돋움하고
하늘 한켠 쓸고 있다

청솔가지 타는 연기
아직 걷히지 않았는지

눈에 돋은 별 그림자
한 모금 물로 달래지만

신발 끈 질끈 조이는 날

저녁이 오래 깊다

선대先代가 물린 죄업
접고 사는 요즘 시대

산말랭이 뚫린 찻길
해종일 그리 붐비고

등 굽은 초승달 뜨면
목이 타는 저 메밀밭

토우土偶

누천년 어둠을 털고 빛의 매듭 한껏 쥔다

살과 뼈 죄 삭아도 죽지 않는 믿음 하나

하찮은 껴묻거리로 곁자리에 뒹굴어보는,

흙 가슴 저며올 땐 눈을 감고 달래는가

잠 깨라고 칭얼대는 깨복쟁이 꼬마 토우

순장의 아픔을 딛고 다시 벙근 염화시중

가을 마타리*

누가 저 하늘에다 돌팔매질하고 있나

선머슴 우리 누이 푸념일지 알 수 없어

쨍그랑, 깨진 유리 조각 쓸고 있는 새털구름

가을걷이 들판에는 울금빛 햇살이 놀고

꽁좁쌀밥 흩어질까 바람 안고 주저앉아

"두고 봐, 나도 서울 가서 여 보란 듯 살 테니까!"

* 마타리과에 딸린 다년생 풀로서 가을철에 작고 노란 꽃무리가 핌.

꿈꾸는 허수아비

누굴 위한 열정인가, 홀로 뜨는 저 몰골은

줄 잡고 호령하며 망을 보던 숨찬 세월

그토록 꿈은 야무져 새소리에 귀를 연다

가늘어진 햇살 뒤켠 노적가리 긴 그림자

물은 강을 버려야 큰 바다에 이른다지*

박제된 광대 웃음도 가을볕에 그을린다

* 화엄경에 나오는 말.

삘기꽃 사설

연둣빛 유월 바람 옷소매 파고들 때

　누가 봐도 키만 멀쑥 맹물 같은 길상이 놈, 갓 팬 삘기 가려 뽑아 순이 손에 쥐여주며 요리 빙글 조리 뱅글 단물 들여 꼬드기는데 '니 나하고 신랑 각시 할래?' '싫다! 나 그런 거 모른다 뭐' 언덕 너머 망을 보던 봉두난발 고 또래들, 키들키들 웃고 웃다 와와 하고 닭몰이 하듯 이것들 튕겨놓자 날 살려라 줄행랑치던 눈빛 맑은 고라니 한 쌍, 이제는 어디선가 가시버시 되어설랑 아슴한 세월 거슬러 알콩달콩 산다는데…

　철 지난 그 둑방길엔 쉰 꽃무리만 자지러진다

3부
평창 가는 길

8월 옥수수

개꼬리* 흔들면서
마른 수염 왜 달았나

팔월 염천 해거름에
콘서트 초대해놓고,

음계音階는
제대로일까
숨 고르는 하모니카

* 옥수수의 수꽃이 피는 꽃 이삭.

김포, 혹은 안개 지대

요양원 병동일까, 집터 잡은 무논가에

어느 뉘 손끝인지 가습기만 틀어놓은 듯

갈수록 침침한 사위, 말뚝잠에 빠진다

무잡한 산성 바람 안개비 몰고나 올지

눈 멀거니 층수 세며 승강기에 몸 실으면

이 뭐꼬! 생멸을 떠난 적멸보궁 문전이다

부석사浮石寺 가는 길

산비탈 잔설 사이로 꼬리 긴 볕귀 서성이고,
마중 나선 사과나무 눈인사쯤 줄만 한데
아직은 말뚝잠 덜 깨 손사래가 고작이다

무량수전 받들고 있는 주름진 시간의 잔금
내 몸속 물관에도 그물 무늬 차오른다
부름켜 속살 터지면 꽃눈 몸살 또 앓겠지

어차피 너나없이 가피加被에 드는 하루,
신발 끈 고쳐 매고 숨찬 발길 옮기는가
부석사 떠돌던 돌도 오늘에야 선禪에 든다

앞서 가는 그림자

가는 길 앞장서 걷는 검은 자화상 하나
발걸음 옮길 때마다 수화로만 말 건네며,
뒷일은 묻지 말라며 제 몸 밟고 가라 한다

일매지게 다듬어진 산책로 쥐똥나무
좁쌀꽃 이고 서서 지친 피에로 반기는가
불 밝힌 뒤켠 가로등이 연출가로 서 있다

환한 조명 겹쳐오자 무언극 막 내리고
휑한 벤치에 앉아 식은땀 훔쳐낸다
한 토막 일인극 무대 쓴웃음만 남는다

두무진* 억새밭

붓자루 곧추세우고 붓심 꼬눈 사관史官인가
대代 이은 노비인 듯 잔등 굽은 저 북녘 향해
먹물도 찍을 새 없이 휘갈기는 상형문자

육십 년.비바람 속에 암벽인들 또 성했으랴
암각화 새기듯이 서걱거리는 저 몸짓은
차라리 때가 오리라, 울부짖는 불립문자

* 백령도 북단에 위치한 기암절벽이 있는 관광지.

어라연魚羅淵*

물길 잡아 깎아 세운
석회암 괴석 한 백여 리

꽃멀미 어찔한 사월
강나루에 띄워둔 채

물굽이
벼랑 끝마다
물거품만 겉도는지

너럭바위 바위섬에
묵은 세월 풀어나 놓고

불거지 떼 불러들여
물방울 저리 수런거리나

단종의

시름이 쌓여
비늘 덮인 어라연

* 단종의 혼령이 신선처럼 살고자 하였다는 영월 동강의 절승지. 고
  기비늘로 뒤덮인 연못이란 뜻.

어떤 산행

가쁜 숨 몰아쉬며 산행길 오르는데
너무 왔다 싶은 곳에 이름 모를 묵뫼 하나
무심코 허기가 들어 도시락을 꺼낸다

풀섶 사이 불개미 떼 먹는 일로 부산할 때
으스스 스쳐 가는 바람 속의 뼈마디들
고수레, 예를 갖추며 눈인사만 건넨다

정상이 지척인 듯 재촉하는 저 메아리
눈높이 위로 하며 툭툭 털고 일어서도
봉분은 사뭇 엎드려 묵시록만 읽고 있다

하산길 여기 누워 그 하소연 들어나 볼까
주목나무 우듬지엔 뜬구름 내걸리고
하찮은 메꽃 하나가 돌아앉아 웃고 있다

평창 막국수

허기진 초저녁달이 산말랭이 걸터앉아
하릴없이 실눈 뜨고 마을 한켠 엿볼 즈음
한겨울 시름도 잊고 빗장 따던 초가 하나

으레 잔치나 하듯 국수틀 삐걱거리면
덩달아 매달리며 철도 없이 칭얼댔지
불 지핀 아궁이 앞에서 환히 웃던 얼굴 하나

시린 그 맛 되살아나 입속 가득 고이는가
동치미 국물에 만 메밀국수 사리 위에
꿩고기 고명을 얹던 마디 굵은 손길 하나

감자에 대한 명상

1

살개바우* 비탈진 땅, 뙈기밭 일궈놓고
씨감자 묻던 날은 왜 그리 쌀쌀했는지
겁 없이 나들이 왔던
냉이꽃도 움츠렸지

스스로 제 몸 썩혀 이랑마다 올린 햇잎
오뉴월 꽃등 켜 들고 잠든 적막 뒤흔들다
그 신열 알알이 맺혀
줄기마다 여물었지

2

깊은 골 산동네에서 조밥이면 그만인 시절
서너 알 섞어 넣고 늘려 먹던 그 고봉밥,
한두 개 빼어 먹으면
반 사발은 허기였어

66

흠집 난 썩감자**도 쓰일 몫 따로 있었지
가루로 내려 앉혀 떡이라도 빚을 때면
어머니 마디 굵은 손,
하루해가 짧았지

* '살쾡이처럼 생긴 크지도 작지도 않은 바위'라는 뜻의 강원도 평창
  ·정선 지역 방언.
** '썩을 감자'라는 뜻의 강원도 방언.

평창 가는 길

1
고개 너머, 고개 너머
돌고 돌던 비행기재

이제는 태기산 뚫어
터널 몇 개 지나지만

아직도
꿀풀에 달린
낱꽃 같은 굴피집

2
영동고속 우등 차 타고
나 보란 듯 달릴 때면

차창에 서린 물기

닦고 또 닦아내다

차라리
젖은 눈 감고 가나
금당계곡 푸른 이내

쥐불 놓는 아이들

겨우내 움츠렸던 봉두난발 한판 난장

바람구멍 숭숭 뚫린, 살바람 들며 나며 미닥질에 신명
겨운 불씨 통에 줄을 달고 돌려라 빙빙 돌려라 여기저기
불바퀴다 논두렁 밭두렁에 쥐불 한번 놓아볼까? 앞산에
달도 둥실 망월이야! 망월이야! 불에 그을린 이마 아랑
곳해 무얼 하랴 쥐몰이 세몰이에 너도 하나 나도 하나
아서라, 짚가리 태울라 어른들만 걱정이다 윗마을 아랫
마을 불싸움 멎어갈 때 언 땅을 녹이는 게 불 말곤 없을
쏘냐 아이놈들 무리 지어 오줌발 내리깔기자 대보름 쥐
구멍에서 풀씨들이 일어서고…

어느새 날린 불티는 달무리에 잠기는가

함정

도라지꽃 꿀샘으로 빠져 들어간 개미 한 마리,

보라색 각시방에 발가벗은 저 신부 좀 봐 꿀단지 옆에
끼고 제 신랑 기다리나 멋진 수염, 가는 허리 나 어떠냐
찔벅대도 본체만체 네 앞에서 무엇을 연주하리 돌려라
빙빙 돌려라 꽃봉오리 돌려라 뒤늦게 알아차린 사랑의
청맹과니, 구차한 이 생마저 담보 되는 사투 앞에 물어
뜯고 할퀴면서 개미산을 쏘아댄다 아! 크고 작은 호롱불
이 빨갛게 새빨갛게 어두운 방 밝히는가 견고한 각질 벗
겨 거듭나게 하려는가, 불 켜라 이 신랑 방에, 각시방에
불 밝혀라

진창에, 꿀의 진창에 허우적거리는 밀월이라니!

성냥개비

유황빛 둥근 이마,

뜨거운 가슴 졸였겠지

한 생애 걸고 틀 일

화끈해질 그때 오면

확! 그어

이 몸 사르리

재만 남을

내 정념을

거세 공포

뒤란 한켠 외줄 타고
담을 넘던 오이 덩굴

독침 벌 잉잉거리는
호박밭을 보았는가

뉘 알까
흠칫 놀라며
잎 그늘에 숨긴 발기

4부
새만금 피조개

붉은피톨

콕! 찔린

손가락 끝엔

사오백만 붉은 군대

백 일의 시한부로

압록강을 넘고 있다

말끔히

닦아내야지

1·4후퇴 아린 상처

여름 우포

한여름 물안개가 수묵색을 풀고 있다
가시연도 띄워놓고, 물옥잠도 피워놓고
수억 년 피를 거르는 '콩팥' 같은 늪물 속에

우항산 기슭 따라 빙하기를 열던 그곳
토평천 물꼬 막고 자연 보육원 예비해둔,
왁자한 생명의 소리 작은 귀가 멍멍하다

들며 나는 식객들이 어우러져 짜는 얼개
긴꼬리투구새우도 아직 남아 숨 고르고
진수렁 우포의 호수, 세월만큼 익어간다

생이가래 개구리밥 두툼하게 깔린 물길,
논병아리 앞세우고 장대나무배 저어 가는가
소실점 남길 때까지 갈마바람 일고 있다

새만금 피조개

방조제 팔십 리 길 서해 갯벌 말리던 날
오래전 왔다 간 바다, 이승의 끈을 놓고
저 멀리 수평선 너머 뒷전에 물러나 있다

발자국이 품어 키운 키 작은 바닷말 하나
둥지 떠난 피붙이들 돌아올 줄 모르는데
이따금 만조의 물비늘 달랑게만 그러안는다

물 빠진 간석지의 어미 잃은 피조개야,
바스러진 조가비의 뒷등처럼 시간도 멎고
새만금 바닷물 대신 죽은 펄에 입 맞춘다

난바다 쏴한 바람이 속살 깊이 파고든다
미역귀 같은 햇무리 건져 올린 어부의 손
짓무른 아가미에도 싱싱한 피 또 돌겠지

백색소음*을 찾아서

1. 빗속에 갇혀

작달비 퍼붓는 날 외로움도 귀를 연다
감꽃 이우는 소리, 마당귀에 쌓이는데
지난 일 빗속에 갇혀 하얗게 깃이 닳는다

2. 저 파도 소리

하 세월 들고 나며 메밀꽃 물어낸다
탁 트인 저 파도 소리 귀뿌리 어루만지고
어느새 책장 넘기며 삼매三昧에 들어선다

3. 폭포 앞에서

물줄기 내리쏟고 찌든 홍진紅塵 닦아내나,
물안개도 풀어놓고 적막마저 우려내나,
득음得音의 터진 목청을 네 소리에 섞는다

4. 새벽 어시장

물 좋은 갯것들이 집하되는 어둑새벽

어시장 경매 소리도 입시울만 눈에 띌 뿐
둔한 귀 열리지 않아 어딜 가나 허방다리다

5. 하얀 울(에필로그)

소음이 모아지면 하얗게 울을 치나
울던 애도 잠든다는 '사운드 마스킹' 효과라니!
불현듯 빠지고 싶은 일상 속의 이 고요

* 사람이 들을 수 있는 주파수(20~20,000㎐)를 모두 합쳐놓은 소리
를 말하며, 다른 주파수대의 소리를 차단하는 효과(sound masking)
가 있어 이 소음에 노출되면 집중력이 증가되고 스트레스를 해소
할 수 있다.

저 산은 순교하는가
-남병산*에서

형리가 이차돈의 목을 베자 그의 잘린 목에서 흰 피가 나
오고 하늘이 갑자기 어두워지면서 꽃비가 내리는 기적이 일
어났다.
　　　-김부식의 『삼국사기』에서

멀리서 바라볼 뿐 더는 다가서지 마라
그 언젠가 목이 잘려 송전탑 세워지면서
순교의 흰 피 흘리며 좌선하는 산이 있다

소문은 바람 타고 예까지 흘러 흘러
영월 땅 산 하나가 뭉개져 버린 것은 질 좋은 석회석
품고 있기 때문이란다 양회 공장 피대 위로 부서진 몸
실려 가며 울어도 또 울어도 명치끝 아린 판에 그 어느
미친놈이 시멘트로 환생되어 다리 놓고 집도 짓는 개발
연대 명분만을 고집하라 하겠는가, 땔감 하던 싸리나무
은빛 둥치 자작나무 도낏자루 물푸레나무 숯 구울 땐 참

나무 코르크 껍질 굴피나무 홍두깨 깎아내는 육질 좋은
박달나무 청설모 넘나들며 배 불리는 잣나무 숲, 그뿐이
라 철 따라 찾아와서 빼곡한 수관樹冠 위를 훨훨 날던 왜
가리며 중대 백로 피붙이들…
　모두 다 어디 갔는지 횟가루만 날린다는데

　아직도 동굴에는 석회 물 녹아내려
　세월을 쌓아가며 돌 고드름 달아놓고
　밤하늘 별밭 누비는 박쥐 떼 부르는 곳

　지체 높은 지프차 한 대 산허리 지나간 뒤
　마루턱 붉은 노을 꽃비인 듯 흩날리고
　육중한 산 그림자가 그 흔적을 덮고 있다

* 강원도 평창군 방림면과 대화면 및 평창읍에 걸쳐 있는 해발 1,149m
　의 석회암 산.

번지점프

산산이 부서질래
지구 한번 안아볼래

지레 덜덜 떨 건 없어,
쩍 벌린 저 벼랑의 입

스스슥
줄이 풀리네

공중제비
한순간에!

빨랫줄

당겨라
잡아당겨라

팽팽한 그 줄다리기

바지랑대 받쳐놓고
쉴 틈조차 주지 않는,

젖은 몸
육탈肉脫을 할 즈음

훨훨 털어 수렴하마

갈증

대덕사 오르는 길섶

개불알꽃도 후줄근하고

갈급한 발걸음 몰아

절간 앞 샘泉에 선다

환생한

사천왕四天王일까

배 뒤집는

무당개구리

장수하늘소*

장수 몸짓 너름새로 막힌 국사 트나 보다

아직은 날 수 없어 딱지날개 접어둔 채 투구에 긴 뿔
꽂고 진중을 서성인다 삭정이 우북한 숲 성채는 좁아들
고 갈수록 멀어지는 매캐한 저 하늘길, 죽어도 죽인대도
살아온 터 지키리라 희대의 돈키호테 갑주 끈 조여 매고
눈치코치 볼 것 없이 팔자걸음 뽐내지만

옛 왕조 다시 세워서 무인답게 살아야지

* 천연기념물 제218호로 지정된 딱정벌레목 하늘솟과에 속하는 곤충.

정육점에서

쇠갈고리 등이 꿰인 채 무슨 미련 두겠는가

이제는 날 끌어다 제멋대로 도륙해서 진분홍 불빛 아
래 매물로 걸어놓고 얄팍한 흥정으로 푸주 거래 오가는
가 안심 뒤쪽 제비추리 육질 좋은 안창살 마구리살 토시
낀 듯 토시살은 고기 먹고 이 쑤시는 맛 아는 놈 죄 떼어
가고, 갈비뼈 내리쳐서 늑간근 돌돌 말아 '원조 갈비' 실
려 가고, 서양풍 식단에는 등심 목심 채끝이라 앞가슴
쪽 차돌박이 구잇감으로 제격인데 양지머리 결이 좋아
육개장 장조림감, 육회를 뜨려 들면 앞다리살 아롱사태,
육포감 고르느냐 설낏 보습살 여기 있지 막 팔리는 저
잡고기는 우리네 국거리로, 우둔은 불고기로, 골절 환자
문병에는 사골이 제일이고 발기부전 고민 말고 도가니
탕 쇠심탕감, 뼈다귀 우린 물로 곰탕 맛 낸다는데 부채
뼈 등뼈 반골 꼬리뼈 잡뼈 통뼈… 입맛대로 골라 가네

우라질 이놈의 저자, 눈 뜨고는 못 가겠다

개미의 사회학

허기진 일개미 떼 먹을거리 나르는가
몸체만 한 버거운 짐 밀고 끌고 가는 판에
참 모를, 모를 일이야 80%가 노는 놈이야

부지런한 고 20% 따로 모아 사육한 뒤
일만 할까 풀어주자 다시 또 고작 20%뿐,
도대체 20 : 80은 누가 만든 황금률일까?

무노동 건달들도 이웃 피붙이 아니던가
하루치 먹을 만큼 챙겨 가는 넉넉함이여
해거름 식탁을 펼치면 뉘 나라가 따로 없다

귀먹은 네안데르탈인*

너와 나 누구인지, 그 뿌리 알 수 없네
네안데르탈 동굴에서 긴 잠 깨는 우리 조상
깊은 숨 내몰아 쉬는 그 몰골이 너볏하다

툭하면 빌미 붙여 그려보는 지질시대
진정 우리네 윗대와는 사촌 격 이종일까
돌창에 찔린 자리가 아직까지 씀벅인다

우듬지 가지로 커 그늘 피한 호모사피엔스
어느 시절 적자適者로 남아 그들마저 사냥했을지
죽어간 종족들이야 할 말 죄다 잊었겠고,

석회 물 떨어지듯 시간의 결로 묻혔다가
빈 틈새 열어주는 자연사自然史 길목에서
귀먹은 한 '종의 기원'이 창세기만 뒤적인다

* 약 30만 년 전 지구 상에 출현하여 약 3만 년 전에 멸종한 현생 인
류의 사촌 격인 한 종족. 이들이 멸종한 때는 바로 현생 인류의 조
상들이 아프리카에서 유럽으로 이동한 시기였다.

비너스의 발자국[*]

1

태양과 지구 틈새 엉겁결에 끼어들어

제 스스로 수행에 드는 불가측 미의 여신

줄 이어 경과한 자리 발자국이 검게 탄다

2

저녁나절 서녘에 떠 한 끼 시름 달랠 그때

삽사리 허기진 밤길 텅 빈 그릇 긁어댄다

그 귈자 굶주릴까 봐 서두르던 울 어머니

새벽녘엔 동쪽에서 해 뜰 기미 일러놓고

샛별이란 이름으로 미로 위에 등을 단다

가족사 낱낱이 아뢰어 비손하던 울 어머니

* 금성일식 기사(2012년 6월 7일 자 〈중앙일보〉)에서 차용.

폭염주의보

밤낮없이 푹푹 찌는 열대성 가마솥더위
어젯밤 뒤척이다 열중추가 마비됐는지
길 잃은 소리꾼 하나 방충망에 몸을 떤다

왕거미줄 덫에 걸려 퍼덕이다 그만 죽은
수목장 어린 상두꾼 가는귀먹은 줄 알고
되살아 뽑는 사이렌 소리 난 아직 시끄럽다

오늘도 폭염이다, 에어컨이 안부를 묻고
금당계곡* 긴 벼룻길 넘나들던 깨복쟁이
저 매미 떠나기 전에 전화부터 걸어야겠다

* 강원도 평창군 대화면에 위치한 계곡 이름.

5부
부활의 잠

쏘가리 판타지아

생태교란 외래어종, 쏘가리로 솎아낸다.
―2012년 5월 9일 자 〈동아일보〉에서

먹을거리 하 없으면 등짐이나 질 일이지
들여온 포식자에게 물길마저 빼앗긴 터
지킴이 떼로 풀어놔
쓴맛 한번 보인다 하네

이른 봄 강 풀리면 얼룩무늬 옷 갈아입고
어딜 가나 먹을 만큼 산 고기만 낚아챘지
피라밋 윗자리 오르고도
숨어 사는 한 세월

제 것끼리 겯고 트며 어야디야 이어온 얼개,
학익진鶴翼陣 지레 펼쳐 낯선 씨알 솎아내면
쏘가리, 쏘가리 판타지아
물장구치며 살어리랏네

부활復活의 잠

빙하기 말기인 3만여 년 전 시베리아 지역의 영구동토층 아래 굴속에서 다람쥐가 숨겨놓은 열매가 발견되어 그 밑씨의 인공 배양으로 열매가 꽃을 피우고 다시 열매를 맺었다.
　　—2012년 2월 22일 자 〈중앙일보〉에서

영겁도 찰나라 했나, 숨 돌리면 이승인걸
흰 패랭이 꽃술 같은 긴긴 이력 펼쳐 들고
돌아온 나를 보라며 꽃대궁을 흔든다

삼만여 년 적막을 깨고 빙하기를 간증하나
부활의 진객답게 줄기 저리 물 잣는 시간
실레네 스테노필라* 제 학명 일러 말문 튼다

내장 모두 씻어내고, 머리까지 비워내고
급속 냉동 탱크 속에 한 세월 잠이나 들까
장구채 저 꽃무리 닮아 어느 봄날 눈뜬다면,

* *Silene stenophylla*, 석죽과石竹科 장구채 무리의 일종.

부식토腐植土

흰개미 집을 짓듯 높은 데만 오르려다
허물어져 흩어진 채 터만 남은 그 바벨탑
눈높이 낮춘다는 게 어디 그리 쉬워야지

사람human과 겸손humility이란
어원이 휴머스humus라네
언제 봐도 남의 발아래 깔려 사는 귀한 물성
유기물 잘게 썩혀서 뭇 뿌리에 공급하는,

죽살이가 따로 있나
물질의 순환이지

푸석한 흙이 되어 보수력도 높여주는

그러게, 난 한 줌 부식토
지렁이 똥이라네

부식토腐植土

나선형 계단

가풀막 오름일수록 가속페달 재게 밟듯

쉼터 없이 돌린 발판 어서 가라 재촉하네

한 바퀴 휘돌 때마다 높아지는 눈높이

내리막길이라고 내친걸음 풀어놓을까

그것마저 챙기라고 불러 세운 저 청지기

제 할 일 이내 알고서 지친 발길 업고 섰네

모하비 사막*의 벌새

더위 먹은 땅딸보 세나** 사월 줄곧 봄꽃인데
때아닌 눈발이다, 숨찬 고원 한 고비 돌면
찾아든 찻집 창밖엔 잉잉거리는 각설이패

날갯짓 잦은 칼질로 바람 저며 몸 띄우고
꿀 채운 꽃깡통에 길고 당찬 부리를 꽂다
나는 새 떠나가는 척 다른 벌을 불러온다

빙산마저 허물어지는 이 혼돈의 지상에서
작지만 제 구실 하는 네 이웃도 홀리는가
긴 잠 깬 모하비 사막 마른 등이 가렵다

* Mojave desert, 미국의 캘리포니아 주 남동부를 중심으로 네바다 주,
  유타 주, 아리조나 주에 걸쳐 있는 넓이 38,850km^2의 고지대 사막.
** Senna, 모하비 사막에 주종을 이루는 둥글고 가지가 많은 관목으
  로 4~5월에 노란 꽃을 피운다.

밤의 계단

차마 빠질 수 없는 칠흑의 수렁인가
써 내려간 글줄처럼 미리내 저리 흐르고
발 디딘 밤의 계단이 턱없이 가파르다

쪼잔한 보풀 일어 껄끄러운 타래실이
팽팽하게 이어져서 발걸음 옭아맬 때
별똥별 부싯돌 쳐서 그 매듭 태우는가

눈높이 높게 하고 무게중심 잡다 보면
가위눌린 꿈길에도 환한 길 트이는지
어느새 어둠 가르는 새벽놀이 깔린다

설해목雪害木의 봄

빗장뼈 으스러지게 겨운 밤을 지새웠나

비굴하게 휘어지느니 곧추서서 죽겠다며

봄바람 이는 쪽으로 등을 돌린 저 장애우

살아온 그릇대로 결기 하나 없겠냐만

한 세월 커진 몸피도 빌미라면 빌미였지

제 안에 부활을 다지는 언 발톱을 세운다

봄 햇귀 비껴 나와 아린 상처 보듬는가

외팔로 긷는 고로쇠 뿌리 더욱 가빠지고

보랏빛 움트는 소리 다친 귀가 먼저 안다

밤섬* 공화국

굽이도는 물길 잡고 한강 위에 뜬 해방구
국체는 생태 공화국, 생물 개체가 주권자다
다문화 합중국이라 저마다 제 목소리 내는,

기름진 토사 쌓여 영토는 줄곧 확장되고
시나브로 천이 되는 수생식물 자생 군락
텃새도, 철새마저도 붙박이로 귀화한다

버드나무 정글 위엔 눈 부라린 말똥가리
기나긴 합의 끝에 에너지 경제 흐름 좋고
새 떼가 서울을 나는 건 외교적 경고일 터

'생태경관보전지역' 덤으로 준 공론인가
가시박 환삼덩굴 쓰레기는 걷어줘야지
나 몰라 버려진 우호 시들시들 말라간다

당인리 발전소께 잿빛 매연 엉겨 붙고

의사당 둥근 돔이 소음으로 들썩일 때
아, 정말 촘촘히 엮은 저 인다라망 보라 한다

* 한강 하류에 토사 퇴적으로 형성된 약 8만 평(264,000 m^2)의 하중도.

갑곶돈대 탱자나무*

1
잦은 외침
강화해협
변방을 지켜 서서

가시 돋은 갑옷 두르고 갑곶돈대 망을 봤지

이따금
날이 선 서슬
맞설수록 얼얼했지

2
누가 그은 경계인지
울타리에 갇히라 하고

무잡한 서해 바람, 처진 가지 흔드는가

가을엔
등이라도 달까
까치놀 붉어온다

* 강화 외성 갑곶돈대의 울타리였던 탱자나무 한 그루(천연기념물 78호).

해후

된서리
담장 아래
손 흔드는 늦장미 하나

어디선가 숨어 떨던
꿀벌 두엇 잉잉거리고

한소끔
눈길 오간 뒤
제 옷섶 슬몃 푼다

눈 감으면 되돌아가는
붉은 젖 먹이던 한때

괜스레 쑥스러워
붉어진 볼 사뭇 비비며

제 깐엔
하루가 천 년인 듯
시든 꽃술 짜고 짠다

정선아라리 5
―달머슴*

바람이 불라면야 돈바람이나 휘휘 불고
풍년이 들라면야 사람 풍년 들어야지
폭 빠진 첩첩산중 장가들기 다 틀렸네

아리랑 아리랑 정선이라 아라리요
아주까리 산동백아 주렁주렁 열어라 두메산골 큰 애
기들 줄 난봉 나게 떴다가 감는 눈은 정들자는 뜻이고
감았다 뜨는 눈은 임 보자는 뜻이지 날 따라오게 날 따
라오게 잔솔밭 중허리로 날 따라오게, 어느 날 돌담 넘
어 배 맞았던 가시버시 수수밭 키 큰 삼밭 다 지나놓고
서 빤빤한 잔디밭에서 왜 그리 졸라댔나 조상님 산소 하
나 개구리봉에다 썼는지 옆구리만 쿡 찔러도 해딱 해딱
자빠졌지, 박복한 나를 두고 제 시집가면 갔지 시부모
꼬드기어 달머슴은 왜 또 오래 한지붕 머슴살이 한 달
두 달 삼 년째데 는 거라곤 눈치코치 눈길 한 번 주지 않
네 불공이나 올렸으면 극락에나 들었을까 남의 각시 넘
보다가 몰래 타는 속단풍아, 독수공방 소문 듣고 안방

문틈 엿보는가 길 떠난 본서방이 지레 살짝 올 줄이야
토방 밑 댓돌 아래 샛서방 세워둔 채 아랫목 홑이불이
고깔춤만 춘다네 정선 읍내 물방아도 방앗공이 곧추세
워 쿵덕쿵쿵덕쿵 돌확 속을 짓찧는데 머슴아 달머슴아
떠꺼머리 고집통아 살송곳 달래놓고 젖은 살만 탓하는
가 이달 치 새경 받아 성마령成魔嶺** 넘어야지
  아리랑 고개 고개로 나를 좀 넘겨주게

* 한 달씩 한정하여 머슴살이하는 일, 또는 사람.
** 평창과 정선 사이에 있는 재.

정선아라리 6
−떼꾼

정선이라 첩첩산중 떼돈 한번 벌어나 볼까
뗏목 엮어 띄운 물길 가도 가도 삼도三途 내 기슭
물줄기 천이백 리에 쉬어 갈 곳 마땅찮네

물목마다 번진 아라리 떼꾼들이 풀어놨지
　황새여울* 된꼬까리** 무사히 지났는가 영월 덕포 꽁
지갈보 술판이나 닦아놓게 오늘 갈지 내일 갈지 뜬구름
흐른다만 팔당나루 들병장수야 너도 판을 벌여놔라 아
라리 한 대목을 듣기나 한 것인지 주막집 여인네들 툇마
루 걸터앉아 남정네 꼬드기는데, 작년 봄철 되돌아왔나
뗏사공 아재들이 또 내려오네 놀다 가세요 자고 가세요
그믐달 뜰 때까지 놀다 놀다 가세요 갈 길 바쁜 떼꾼들
은 더 큰 소리로 화답했어 제남문*** 지나는 길은 앞사
공이 트고요 아가씨 몸 섞는 일은 거 누가 하는가 갈보
야 질보야 몸 걸레질 말아라 돈 없는 백수건달 애가 탄
다 애가 타
　아라리 정선아라리 풀씨처럼 퍼져만 가고…

앞을 보나 뒤를 보나 턱 고이는 이 산 저 산
아리랑 고개 고개로 나를 좀 넘겨나 주게

* 영월 동강과 서강이 만나 남한강으로 합쳐지는 여울목.
** 영월 동강에 있는 험한 여울목.
*** 영월 삼옥에 있는 험한 물길.

정선아라리 7
—객주

물굽이 굽이마다 목숨 걸고 헤쳐 온 길
나루 한켠 뗏목 대고 동아줄로 묶고 나면
아라리 난봉 가락도 절로 터져 나왔지

객줏집 앞마당에 어른거리는 달그림자
산에 올라 옥을 캤나 이름 좋아 산옥山玉이냐 이목구
비 반반하여 달덩이라 했다던가 산옥이 두 팔이야 이불
속 살베개요 붉디붉은 입술은야 놀이터 술잔이지 ㄱ에
ㄴㄷㄹ은 언문의 토 받침이요 술집 색시 열 손가락은 술
잔 받침 아닌가 못 마시는 막걸리 한잔 권하는 맛에 걸
쳤는데 아니 나던 색시 생각 왜 이리 나지 주책아 술책
아 정신 좀 차려라 누구는 패가망신 하고 싶어 하는가
천 길 만 길 떼품 팔아 술집 갈보 치마 밑으로 다 털어
넣었네 돈 쓰던 남아가 돈 떨어져 보게나 구시월 끝물
단풍 뉘엿대는 막바지에 서리 맞은 국화 신세, 술 잘 먹
구 돈 잘 쓸 때는 금수강산이었지 술 안 먹구 돈 떨어지
자 적막강산이라네 앵화꽃 매화꽃은 꿈속에도 피지만

사람의 체면이 요쯤이나 된다면 친목계 화투판에 흑싸
리 껍질 아닌가
　전대에 떼돈 쌓이면 눈 딱 감고 집 찾아가게

　아리랑 아리랑 정선이라 아라리요
　아리랑 고개 고개로 나를 좀 넘겨나 주게

정선아라리 8
-장마

앞산 뒷산 두 봉우리 빨랫줄로 이어나 놓고

얼음산이 매지구름 벌벌 떨 때 기다렸나

툭 터진 오줌보 탓에
아우라지 장마 지네

불어난 강물이야 에돌아가면 그만이지

하릴없는 가시버시 가는귀도 접어두고

늦총각 풀어준 댕기
문고리에 매어보네

비행기재* 지레 올라 외줄이나 끊어야지

허구한 날 틀어박혀 올챙이묵**만 축낼 거야

해 들면 이내 올라나
정선이라 아라리요

* 정선과 서울을 잇는 관문 격인 고개 이름.
** 옥수수로 만드는 정선 지역 토속 음식의 일종.

깊고 고요한 시간을 투시하는
심층적 사유와 서정

유성호 **문학평론가 · 한양대 교수**

1

최근 우리 현대시조는 전언傳言의 깊이나 의장意匠의 너비 그리고 형식 실험의 견고함과 활달함에서 우리 시문학사의 한 정점에 와 있는 게 아닌가 싶다. 아닌 게 아니라 근자에 발표되고 있는 시편들은 육당六堂과 가람嘉藍, 노산鷺山 이후 펼쳐진 근대문학으로서의 시조 역사 이래 가장 섬세하고 심미적인 진경을 두루 보여주고 있다. 이는 파격의 언어보다 중용의 언어를 지향하는 점에서 전대前代와 일정한 연속성을 형성하고 있고, 양식적 울타리로부터 자유로운 원심력을 보이는 점에서는 일정한 불연속성을 형성하고 있다 할 것이다. 물론 문학에서 형식이 내용을 규정하고 내용이 형식의 일부분으로 전화轉化하는 것이라면, 정형 양식으로 존재하는 현대시조는 여전히 질서와 균형을 중시하는 중용의 미학을 추구하는 것이 자연스러울 것이다. 그 점에서 자연 사물의 생멸 양상, 인생이 불가피하게 맞닥뜨릴 수밖에 없는 만남과 이별, 행불행의 정서 등이 시조 양식의 소재에서 우위를 점하는 것은 어쩌면 당연할 것이다. 결국 우리 현대시조는 이러한 질서와 균형의 원리를 통해 중용과 화해와 치유의 정신을 벼리려는 실례들로 가득하다 할 것이다. 우리가 지금 만나려는 정평림鄭坪林 시조는 이러한 정형 양식에 합당한, 그리고 정형 양식이 요청하는 중용과 화해와 치유의 언어를 구축하면서 그것을 더욱 원대한 상상력과 감각으로 확장해 가고 있는 뚜렷한 최근 사례로 존재한다.

연전에 정평림 시인은 첫 시집 『거기 산이 있었네』(동학사, 2005)를 펴내면서, 그 안에서 "잃어버린 근원으로의 회귀를 꿈꾸는 귀향 의지 또는 존재의 노스탤지어"(이가림)를 아름답게 보여준 바 있다. 이른바 '늦깎이'로서의 신명과 열정이 그 시집에는 매우 활달한 어조로 담겨 있었다. 물론 그 신명과 열정은, 정형 양식에 대한 남다른 절제와 자의식 속에서 단단하게 완성된 것이었다. 전언을 앞세우느라 형식에 등한하거나, 형식에 얽매여 전언이 위축되는 일이 좀처럼 없는 질서와 균형을 잘 구축한 시집이었다고 할 수 있을 것이다. 이번에 등단 10년을 맞아 펴내는 두 번째 시집『메밀밭으로 오는 저녁』(책만드는집, 2013)은, 이러한 득의의 성과를 한편으로는 충실하게 잇고 한편으로는 확장하면서, 더욱 원숙하고 내구력 있는 시편들을 우리에게 보여준다. 차분하고 열정 있게 "한 가을밤 댓돌 밑에서 제 날개를 비벼대며 가는 세월을 절규하는 당찬 귀뚜리 소리"(「시인의 말」)를 들으면서, 정평림 시인은 사물과 삶에 귀 기울이고 그 소리들을 자신만의 언어와 태도로 받아 적고 있다. 이제 그 세계 안으로 들어가 보자.

2

원래 인간은 '시간'이라는 물리적 흐름 속에서만 자신의 존재 형식을 완성하고 유지할 수 있다. 사실 모든 생명체의 생멸 과정이 모두 '시간' 개념 위에서만 가능한 것 아니겠는가. 그래서 초超시간성이라는 것은, 어쩌면 인간이 상상하는 불가능한 꿈의 잔영殘影일 뿐일 것이다. 이렇듯 인간은 철저하게 '시간' 안에서 사는 '시간' 내적 존재이다. 그런데 인간은 객관적이고 물리적인 시간의 한계 속에서 살지 않고, 저마다 고유한 주관적 시간 속에서 자신의 실존을 살아간다. 그래서 인간에게 '시간'이란 선험적이고 객관적인 물리적 실체로서 주어지는 것이 아니라, 저마다의 경험과 주관 속에서 재구성된 어떤 것이게 마련이다. 이러한 '시간' 개념은, 분절적이고 직선적인 근대적 시간 의식과는 전혀 다른 실존적이고 고유한 시간 의식을 우리에게 선사한다. 정평림 시인의 아름다운 단수 미학은, 뭇 생명이 가지고 있는 불가피한 유한자有限者로서의 모습을 간명하게 다루면서, 고도로 함축적인 언어 속에 그러한 실존적 '시간'에 대한 순명의 감각을 선연하게 보여준다.

　　양피 깔개 솜털 같은
　　햇귀 한 줌 고르는 시간

　　어느새 물이 들어 저문 창가 비껴가네

　　머흔 길
　　끝이 보일까
　　흔들리는 빛과 그림자
　　─「흔들의자」 전문

여기서 시인이 바라보고 있는 것은 '흔들의자'라는 구체적 사물이다. 하지만 시인이 정작 투시하고 있는 것은 그 '흔들의자'에 깔린 양피 깔개 솜털 같은 "햇귀 한 줌 고르는 시간"이다. '햇귀'란 사방으로 뻗친 햇살을 말하는데, 그 '햇귀'를 한 줌 고르는 데 걸린 '시간'이란 물리적이고 분절적인 시간이 아니라 "어느새 물이 들어 저문 창가 비껴"가는 데 걸리는 시간, 곧 하루가 저물어 해거름으로 가거나 한 생이 저물어 노경으로 가는 실존적 시간을 함의한다. 물론 그 시간은 시인이 노래한 대로 "수유가 영원이고 / 억겁이 하루"(「하루의 끝」)이기도 한 시간일 것이다. 그래서 시인은 그 "머흔 길"의 끝이 보이는 듯한 "흔들리는 빛과 그림자" 속에서 아득한 '시간'의 흔적을 탐사하고 있는 것이다. 여기서 "흔들리는 빛과 그림자"는 일차적으로는 '흔들의자'의 형상적 은유이겠지만, 글자 그대로 흔들리며 흘러가는 '광음光陰'을 함축하기도 한다. 이처럼 시인이 바라본 '흔들의자'는, 흔들리며 흘러가는 '시간'의 은유적 등가물로 현상되고 있다. 따라서 이 시편은 짧은 단수 미학에 너무도 깊은 시간의 광맥을 숨겨놓은 절편이라 할 수 있을 것이다.

서릿바람 사뭇 일어

뼈만 남은 꽃대 하나

꽃양산 한 시절이야

하루해 꽤나 길었지

동안거

꽃 진 자리엔

달랑 남은 방석 하나
　　　—「꽃 진 자리」 전문

　'꽃 진 자리'는 꽃이 한동안 머물다 이울어간 시간의 흔적
이다. 여기서 '자리'는 시간의 흐름 속에 남는 존재론적 표지
標識로서의 '흔적', '자국', '얼룩' 등 이른바 '잔상殘像'의 미
학을 환기하는 말들과 깊이 상통한다. 그 '시간의 흔적'으로
서의 '자리'가 신성한 힘을 내뿜으면서 시간의 깊이를 말해
주고 있다. 시인은 서릿바람 일어나 "뼈만 남은 꽃대 하나"

를 응시한다. 한때 '꽃양산'이었던 시절은 꽤 길었던 하루처럼 흔적 없이 사라지고, 이제 서릿바람을 뒤로한 "동안거"로 들어설 채비를 하고 있다. 그렇게 동안거를 수행할 "방석 하나"로 남은 '꽃 진 자리'는, 저 유명한 미당未堂의 "저기 저기 저 가을 꽃자리 / 초록이 지쳐 단풍 드는데"(「푸르른 날」)의 낭만적 수채화보다 훨씬 더 사라져가는 시간에 대한 실존적 순명의 감각을 잘 보여준다. 이처럼 정평림 시인은 뭇 사물 속에서 "주름진 시간의 잔금"(「부석사浮石寺 가는 길」)을 발견하고, 그 "속 깊이 삭이다 말고 제 스스로 선禪에 드는"(「쓸쓸한 알레고리」) 순간을 시적으로 형상화해 보여준다. 산뜻한 단수 안에서 길고 긴 시간의 흔적들이 농울치는 밀도를 보여주는 그의 역량이 돋보이는 장면이 아닐 수 없다.

우리가 잘 알거니와, 서정시는 지나온 시간에 대한 기억의 현상학에 의해 발원되고 구성된다. 그만큼 서정시는 어떤 인상적인 순간을 포착하여 그것을 존재의 오래된 기억으로 환치하는 기억술記憶術이기도 하다. 이는 현실에서 벗어나 시적 시간으로 귀환하려는 의지가 반영된 결과이기도 할 것이다. 외따로 떨어져 있던 사물과 사물 사이에 연쇄적 연관성의 파동이 나타나는 것도 이러한 기억의 매개 때문이다. 정평림 시인은 사물 속에 깃들인 오랜 기억들을 순간적으로 재현하면서, 그 순간 속에서 삶의 깊디깊은 시간의 흐름을 노래하고 있는 것이다. 가없고 아득하다.

3

　그다음으로 정평림 시인이 힘을 기울이고 있는 것은, '고요' 혹은 '적막'을 향한 미학적 응집력이다. 시인은 고요에 근접한 '소리'의 미학을 통해 뭇 생명의 존재 형식을 이성적 매개가 아닌 감각적 현존으로 파악하는 과정을 선명하게 보여준다. 그 점에서 정평림 시인이 견지하고 있는 감각은 서정시가 끝없이 우리의 현재형을 탈환하고 생성하는 고요한 역동의 세계임을 명징하게 확인해준다. 그가 가 닿은 '적막'의 형상을 한번 살펴보도록 하자.

　　속살까지 에이려고 높새바람 칼 가는가

　　꼭두서니 물을 풀어 제 몸에 불 질러놓고

　　건너뛸 낌새도 없이 등뼈 세운 저 가부좌

　　헌 살 곧게 추스르며 묵언 수행 저리 하나

지상의 겨울을 위해 두 눈 감고 귀 닫으면

가을 산 붉은 이마에 환한 적막 내려앉네
    ―「가을 산」 전문

　시인이 가본 '가을 산'에는 속살까지 에이는 높새바람이 불고, 꼭두서니 물을 풀어 제 몸에 붉은빛을 띠고 있다. 그 춥고 붉은 곳에서 시인이 바라보는 것은 "건너뛸 낌새도 없이 등뼈 세운 저 가부좌"이다. 이때 등뼈를 곧추세운 가부좌 형상으로 '가을 산'을 바라보는 시인의 시선은, 봄빛과 여름빛을 지나 이제 "헌 살 곧게 추스르며" 묵언 수행에 든 가을 산을 고요하고 단정하고 견고한 수행자의 모습으로 환치한다. 그러니 자연스럽게 시인은 "지상의 겨울"을 준비하면서 눈 감고 귀 닫고 "가을 산 붉은 이마"에 환한 '적막'이 내려앉는 것을 보는 것이 아닌가. 이때 '환한 적막'이란, '가을 산'이 지상의 겨울을 지나 새로운 봄을 예비하면서 맞이한 역동의 고요 그 자체일 것이다. 그렇게 시인이 듣는 '환한 적막'의 소리는 마치 "꽉 닫힌 귀청을 열고"(「파계破戒」) 듣는 품처럼, 전심全心으로 귀 기울이는 시인의 낮은 자세와 겸허한 고요를 연상하게 해준다. 다른 시편들에서 한결같이 "새소리에 귀를 연다"(「꿈꾸는 허수아비」)고 하거나 억새밭에서

도 "울부짖는 불립문자"(「두무진 억새밭」)를 듣는 시인의 넓
고도 예민한 감각이 새롭게 다가오는 장면이 아닐 수 없다.
이러한 고요, 적막, 침묵의 미학은 다음 시편에서도 만나볼
수 있다.

시월상달 산모롱이
하루해 이우는가

미처 못 잊은 겨운 한때
허기인 듯, 속울음인 듯

흰 꽃대 발돋움하고
하늘 한켠 쓸고 있다

청솔가지 타는 연기
아직 걷히지 않았는지

눈에 돋은 별 그림자
한 모금 물로 달래지만

신발 끈 질끈 조이는 날
저녁이 오래 깊다

선대先代가 물린 죄업
접고 사는 요즘 시대

산말랭이 뚫린 찻길
해종일 그리 붐비고

등 굽은 초승달 뜨면
목이 타는 저 메밀밭
　―「메밀밭으로 오는 저녁」 전문

　이번 시집의 표제작이기도 한 이 시편은 시월상달 차가운 가을날 저무는 해거름에 지난날의 기억을 떠올리면서 시작된다. 오랫동안 잊히지 않은 기억들은 때로는 '허기'처럼 때로는 '속울음'처럼, 하늘 한쪽을 쓸면서 끝없이 발돋움하고 있다. 청솔가지 타는 연기도 남아 있고 하나씩 돋아나는 "별 그림자"도 있는 그 저녁은, 그렇게 길을 떠날 때 신발 끈 질끈 조이는 날처럼 깊고 오랜 기억으로 온다. 지금은 비록 선

130

대가 물린 죄업을 접고 사는 시대이지만, 그리고 산마루에 뚫린 찻길이 사람으로 붐비게 만들지만, "등 굽은 초승달"이 새삼 떠오를 때 시인은 목이 타는 메밀밭으로 오는 저녁을 맞이한다. 목을 축이는 '별 그림자'와 목이 타는 '메밀밭'의 대칭 속에서 시인은 문명의 척박한 분주함과 메밀밭의 고요한 역동의 저녁을 대비시키고 있다. 그 고요한 저녁을 "낮게만, 낮게만 고집하며 무채색 길을 트"(「물의 길은 희다」)는 시간으로 환기하면서, 깊고 깊은 자신의 시적 수원水源을 탐색하고 있다. 그렇게 시인은 "물 젖은 / 담채화 화폭"(「2월 오후」) 같은 고요 속에서, 자신의 몸 깊은 데서 울려 나오는 소리를 듣고 있는 것이다.

우리가 잘 알듯이, 재래의 고시조가 유교 이념의 계몽이나 소박한 자연 친화를 드러냈던 데 비해, 현대시조는 인간의 다양하고도 섬세한 정서를 두루 담아냄으로써 지속적 갱신 과정을 이어왔다. 특별히 해체와 탈脫근대 기획의 물결이 거세게 쓸고 간 뒤에도, 현대시조는 정형의 창의적 가능성을 적극 참작하면서 시조만의 절제와 균형의 미학을 다듬어왔다. 이러한 절제와 균형 속에서 정평림 시학은 고요의 역동을, 환한 적막을, 정형 양식의 깊은 소리를 채집하고 있다. 그럼으로써 서구의 미학적 박래품에 대한 적극적인 실천적 항체로서의 현대시조의 양식적 몫을 다하고 있는 것이다. 그

상처가 '조각보'로 남는 과정이 바로 '시작詩作' 과정의 은유임을 우리는 어렵지 않게 알 수 있다. 그 '조각보'는 해진 솔기와 꿰맨 흔적으로 남아 있지만, 터진 실밥 뽑아내고 새 헝겊을 이어 붙이며 "바늘귀 흐린 초점에 눈자위만" 붉어지던 기억을 흔연하게 담고 있는 결실이다. 흐린 눈으로 골무도 빼어놓고 맨손으로 어림잡아 덧댄 "삶의 무늬"야말로 시인에게는 시어詩語로 공들여 짠 시편이 된다. 온 정성으로 지문을 찍듯이 한 땀 한 땀 이어간 시간들이 그 '조각보'에서 시인의 열망과 고통과 흔적으로 남아 있는 것이다. 그렇게 흐린 눈과 맨손으로 탐색해놓은 "삶의 무늬"를 볼 때, 우리는 시인이 "재만 남을 // 내 정념"(「성냥개비」)일지라도 그 정념이 "왁자한 생명의 소리"(「여름 우포」) 가득한 "득음得音의 터진 목청"(「백색소음을 찾아서」)으로 나아가기를 열망하는 것을 알게 된다.

가쁜 숨 몰아쉬며 산행길 오르는데
너무 왔다 싶은 곳에 이름 모를 묵뫼 하나
무심코 허기가 들어 도시락을 꺼낸다

풀섶 사이 불개미 떼 먹는 일로 부산할 때
으스스 스쳐 가는 바람 속의 뼈마디들

고수레, 예를 갖추며 눈인사만 건넨다

정상이 지척인 듯 재촉하는 저 메아리
눈높이 위로 하며 툭툭 털고 일어서도
봉분은 사뭇 엎드려 묵시록만 읽고 있다

하산길 여기 누워 그 하소연 들어나 볼까
주목나무 우듬지엔 뜬구름 내걸리고
하찮은 메꽃 하나가 돌아앉아 웃고 있다
—「어떤 산행」 전문

'산행'은 어떠한가. 가쁜 숨 몰아쉬며 오르는 산행길에서 문득 마주친 쓸쓸한 무덤이 있다. 오래 돌보지 않아 거칠어진 그 이름 모를 "묵뫼 하나"에서 시인은 '허기'를 느낀다. 누군가의 죽음을 담은 그 흔적은 "스쳐 가는 바람 속의 뼈마디들"을 느끼게 하고, 시인으로 하여금 고수레의 예를 갖추게 한다. 비록 "정상이 지척인 듯 재촉하는" 메아리가 아득하게 들려오지만, 시인은 그 이름 모를 봉분에서 '묵시록'을 듣고 하산길에서 그 깊은 '하소연'을 들어본다. 하지만 '뜬구름'과 "하찮은 메꽃 하나"가 웃고 있는 것으로 시상을 마무리함으로써, 그 '묵시록'도 '하소연'도 결국 시인이 만나고

들은 자연 사물들의 화창和唱으로 귀환함을 알려준다. 그러
니 시인으로서는 "비워야 / 채워진다는 / 귀 닳은 말 되새기
며"(「성에 낀 차창」) 걷는 산행길에서 "한 바퀴 휘돌 때마다
높아지는 눈높이"(「나선형 계단」)를 경험하면서 시인으로서
의 진경에 다다르게 되는 것이다. 이처럼 '조각보'를 만드는
고통의 과정이나 '산행'에 나서는 '허기'와 '묵시'의 과정은
모두 시인이 남다르게 수행하고 있는 '시 쓰기'의 변용이며,
시인으로서는 이러한 메타적 탐색과 다짐을 통해 느지막하
게 나선 '시인'으로서의 자의식에 충실하고자 한 것이다. 미
더운 자기성찰의 길이라 할 것이다.

5

　주지하듯 모든 '시'는 시인 자신의 회귀적 나르시시즘이
일차적 동기로 작용한다. 하지만 그 언어가 타자들을 포괄하
고 타자들을 지향하지 않는 한, 그것은 사방이 거울로 이루
어진 방 속에 갇힌 것처럼 무한 반사운동을 하는 것에 불과
하게 된다. 따라서 타자의 삶에 대한 관심 그리고 그것을 보
다 더 넓은 차원에서 사유하는 것은 서정시의 심층적 동기가
될 수 있다. 그래서 우리는 서정시의 가장 심층적인 동기가

삶의 깊이를 투시하고 그것을 보편적 공감으로 이끌어 들이
는 언어적 결속력이라고 생각한다. 정평림 시인은 타자를 향
한 자신의 역동적 고요의 운동을 다음과 같이 보여준다.

　　비늘줄기 잎을 벌려 간구하듯, 비손하듯
　　끝끝내 말하지 못할 명치끝 응어리 남아
　　진초록 절개도 접고 훗날 다시 기약한다

　　잎 진 자리 울대 뽑아 꽃등 하나 켜 드는가
　　허우대 멀쩡한데도 열매 없는 내시란다
　　가시리, 가시리잇고 홀로 삭인 긴 속울음

　　그르친 제 발길을 어찌, 어찌, 되돌릴까?
　　시간을 어긋놓아 시샘하는 가이아여
　　꽃무릇 묵언 수행에 그리움만 달무리 진다
　　　　　　　　　　　　─「목울대 세운 상사화」 전문

　　타인을 향한 아득한 '그리움'을 담고 있는 이 시편은, 마치
"비늘줄기 잎을 벌려 간구하듯, 비손하듯" 하는 상사화相思
花의 형상을 묘사하면서, 그 꽃 이름 '상사相思'가 환기하는
치명적인 그리움을 그려 보여준다. 그것은 "끝끝내 말하지

못할 명치끝 응어리"를 고백하는 것이다. 하지만 진초록 절
개도 접고 훗날의 기약을 수행한 그 "잎 진 자리"에서 시인
은 울대 뽑아 꽃등 하나 켜 드는 것을 바라본다. 이때 "가시
리, 가시리잇고" 같은 낯익은 인유引喩가 수반되면서, 시인
은 "홀로 삭인 긴 속울음"을 뒤로하고 땅의 여신마저 시샘하
는 그리움을 노래한다. 그 "꽃무릇 묵언 수행"에 달무리 지
는 '그리움'이란, "거듭난 / 가슴 한구석 / 볕뉘처럼 밝혀주"
(「번제燔祭」)는 따뜻함과 "발자국이 품어 키운"(「새만금 피조
개」) 진정성 있는 넓이를 가져다준다. 여기서 우리는 시인이
'시'를 통해 "눈높이 높게 하고 무게중심"(「밤의 계단」)을 잡
아가면서 바로 그 순간 "기우뚱 / 우주가 흔들리"(「어느 달
밤」)는 흔치 않은 경험을 담아내는 너른 감각을 가졌음을 알
게 된다. 이러한 우주의 출렁임을 통해 시인은 결국 '부활'의
꿈에 들리게 된다.

    영겁도 찰나라 했나, 숨 돌리면 이승인걸
    흰 패랭이 꽃술 같은 긴긴 이력 펼쳐 들고
    돌아온 나를 보라며 꽃대궁을 흔든다

    삼만여 년 적막을 깨고 빙하기를 간증하나
    부활의 진객답게 줄기 저리 물 잦는 시간

실레네 스테노필라 제 학명 일러 말문 튼다

내장 모두 씻어내고, 머리까지 비워내고
급속 냉동 탱크 속에 한 세월 잠이나 들까
장구채 저 꽃무리 닮아 어느 봄날 눈뜬다면,
―「부활復活의 잠」 전문

시인이 소재로 삼은 '실레네 스테노필라'는 석죽石竹과 장
구채 무리의 일종인데, 마치 영겁도 찰나이듯 "흰 패랭이 꽃
술 같은 긴긴 이력"을 통해 꽃대궁을 흔들고 있다. 실레네
스테노필라는 "삼만여 년 적막"을 깨고 빙하기를 간증하면
서, "부활의 진객"처럼 내장과 머릿속까지 깨끗이 씻어내고
어느 봄날 눈을 뜨는 시간을 꿈꾸고 있다. 영구 동토층 아래
숨겨놓았던 열매에서 다시 꽃이 피고 열매를 맺은 사정을 들
은 시인이 오랜 시간을 격隔하여 우주가 출렁이는 순간을 잡
아챈 이 시편은, "제 안에 부활을 다지는"(「설해목雪害木의
봄」) 존재자들 혹은 "스스로 / 거듭난다며 / 오도송을 외고"
(「가랑잎 한나절」) 있는 존재자들을 발견한 결실인 것이다. 이
처럼 정평림 시인은 대상을 향한 한없는 '그리움', 모든 생명
의 부활 가능성을 적극 노래함으로써, 사물들의 상호 연관성
과 삶의 깊이를 투시하고 그것을 보편적 공감으로 이끌어 들

이는 언어적 결속력을 선명하게 보여준다. 여기서 우리는 '정평림'이라는 진중한 시인의 본격 탄생을 알리는 장면을 목도하게 된다.

　지금까지 우리가 읽어왔듯이, 정평림 시인은 견고한 시의 밀도와 상상적 심층을 통해 다양하고도 활달한 시적 권역을 보여주었다. 삶의 깊디깊은 시간 의식을 피력하는가 하면, 우리의 현재형을 탈환하고 생성하는 고요한 역동의 세계를 보여주었고, '시 쓰기'라는 행위에 대해 깊은 메타적 사유를 드러내는가 하면, 서정시의 가장 심층적인 동기인 타자나 우주로의 확장 과정을 투명하고도 곡진하게 보여주었다. 평생 의과학자로서 살아온 시인은, 자신만이 관찰 가능한 여러 자연현상을 시적으로 해석하기도 하고, 자연현상의 이치를 시인으로서의 속성에 통합해가기도 했다. 이렇게 깊고 고요한 시간을 투시하는 심층적 사유와 서정을 담은 이번 시집을 지나, 더욱 원대한 상상력과 감각으로 확장해갈 정평림 시인의 자기 개진 및 진화 과정을, 우리로서는 속 깊은 마음으로 소망하면서 오래도록 바라보고자 한다.